胡占凡　著

举翮鸣雁吟两岸

中国书店

图书在版编目（ＣＩＰ）数据

举翮鸣雁吟两岸 / 胡占凡著 .-- 北京 ： 中国书店，2025.4 .-- ISBN 978-7-5149-3377-2

Ⅰ.I227

中国国家版本馆CIP数据核字第2025NM6995号

举翮鸣雁吟两岸

胡占凡 著

责任编辑 林 凌

出版发行 中国书店

地 址 北京市西城琉璃厂东街115号

邮 编 100050

设计制作 北京翔利印刷有限公司

印 刷 北京翔利印刷有限公司

开 本 889毫米×1194毫米 1/16

印 张 15.5

字 数 187千

版 次 2025年4月第1版第1次印刷

书 号 ISBN 978-7-5149-3377-2

定 价 280.00元

目　录

二十四节气 ……………… 一

目
录

目录

**目
录**

目录

五

目录

七

十二时辰 …………………………………… 一三三

目录

二十四节气

七律·丁酉立春

泠泠春意问谁答，
何处红尘作五华。
塞外寒枝梅占尽，
江南暖树绿当家。
莫分碧染参差色，
只看山开浓淡花。
且待北国风问柳，
芳菲一夜满天涯。

2018 年 2 月 4 日 北京

浣溪纱·戊戌立春

雪落立春寒气杀。

哪得绿意怨无涯。

何时新燕筑新家。

城暖不争庭内柳，

春来须看陌头花。

万千诗意在农家。

2019 年 2 月 4 日 北京

临江仙·庚子立春

立春日正值病毒性肺炎流行，有感书之。

得意冰霜还做主，

不觉时序安排。

先知春燕正归来。

新芽披雪绿，

不解人世哀。

恨有瘟神淡日色，

人寰敢胜妖霾。

春回岁岁今别裁。

只待枝上雀，

啼到百花开。

2020 年 2 月 4 日 海南三亚

清平乐·庚子立春

闲闲淡淡。

塞外雪飞慢。

试上高台极目看。

依旧冰封万片。

短长林上鸟鸣。

温柔何处来风。

剥落寒枝微绿，

便知春在河东。

2020 年 2 月 4 日 海南三亚

卜算子·庚子立春

萧瑟忍长冬，

不见春消息。

堤上冻枝池上冰，

鸦入寒云里。

梁上燕无归，

谁解春风意。

拨破陌头残雪中，

可有短芽绿？

2021 年 2 月 3 日 北京

春光好·壬寅立春

冰如旧，

叶思青。

鸟先鸣。

关外岭头玉雪封。

少春踪。

微冷江南烟雨，

早吹二月春风。

折取一枝湖畔柳，

送寒冬。

2022 年 2 月 4 日 海南三亚

谒金门·庚子雨水

雨水节气感肺炎流行而作

新冷雨。

湿了花芯叶底。

无虑飞莺难解意。

还啼红绿曲。

本是江城花季。

谁误孟春梳洗。

休教雨丝多泪迹。

见说樱消息。

2020 年 2 月 19 日　海南三亚

卜算子·辛丑雨水

疑似去年风，

却是今时雨。

双燕归来栖旧巢，

水岸参差绿。

绿嫩未成茵，

最是知春意。

只待杜鹃添两声，

已是芬芳地。

2021 年 2 月 18 日 北京

蝶恋花·壬寅雨水

已是残冬辞日久。

冷冽空吹,

树树枝依旧。

人道春风春雨后。

黄牛自在田中走。

纵是雨迟春未露。

早有千门,

裁剪春衫袖。

只待新雏啼啭够。

万顷碧染万城柳。

2022 年 2 月 19 日 海南三亚

忆江南·己亥惊蛰

人知否，

春意已纷纷。

细草含芽藏几许，

寒枝有绿露三分。

急煞赏花人。

空碧透，

朗日替冬云。

抖擞春雷惊寥廓，

欢欣万物闹红尘。

妆扮好乾坤。

2019 年 3 月 6 日 北京

一斛珠·辛丑惊蛰

云开雾破。

啾啾归燕无多个。

清风舞雨秋千侧。

寻遍平芜，

淡草出新萼。

总待春雷催绿色。

蛰虫初醒还寂寞。

新芽欲展也羞涩。

喜有河边，

急浪流冰过。

2021 年 3 月 5 日 海南三亚

浣溪纱·辛丑惊蛰

谁道惊蛰必有雷。

旧巢空待燕无回。

睡虫欲醒作蛱飞。

十寸寒枝七寸冷，

三分暖意一分吹。

春花先在意中归。

2021 年 3 月 5 日 海南三亚

抛球乐·壬寅惊蛰

还似去年柳未青。

蛰虫好睡恨雷鸣。

春潮已漫江南草，

飞雪还扑塞外灯。

隐隐画眉语，

却道春羞款款行。

2022 年 3 月 5 日 海南三亚

一丛花·庚子春分

肃杀难觅好风轻。
今日春已成。
老枝新叶阴阳半，
红尘世、寒暑均平。
远处青峰，
眼前流水，
春色为谁生？

挑帘不见纸鸢升。
云霭正蒙蒙。
去年今日寻芳处，
应早是、草掩新莺。
不叹云埋，
轻挥春去，
信有夏花红。

2020 年 3 月 20 日　北京

清平乐·辛丑春分

浓浓淡淡。

柳绿千家院。

减去冷寒才过半。

又见旧时归燕。

年年此刻春分。

最难昼夜均匀。

当谢天公不老，

清风拂过人人。

2021 年 3 月 20 日　北京

燕归梁·壬寅春分

新柳初成垂也飘。

樱欲老、李还娇。

燕儿啼落粉红桃。

絮无忌、绕人袍。

春分扫尽冬痕影，

客花下、雀梅梢。

耕牛鸣处起新苗。

人举首、鸢飘摇。

2022 年 3 月 20 日 海南三亚

南乡子·己亥清明

一夜入清明。

最是欢欣枝上莺。

唤起白梅呼紫玉，

声声。

且看人间四月风。

转过万花丛。

扑面鹅黄掩粉红。

忽有溪头人语笑，

盈盈。

正趁斜阳留玉容。

2019 年 4 月 5 日 北京

踏莎行·庚子清明

叶底寻莺，

隔帘觅燕。

清明时景无由看。

分明不似去年风，

纷纷乱卷樱花散。

九陌烟生，

三山绿换。

黄鹂啼破云开半。

桃花明日暖水流，

春涛微雨轻拍岸。

2020 年 4 月 4 日 北京

青玉案·壬寅清明

清明最是北国好。

这才是、冬已老。

不借江南一寸草。

乱栽新蕊，

慢排细雨，

唯恐红飞早。

行舟还唱旧时调。

闲话只说绿荫小。

一任柔风吹玉照。

踏青归去，

襟前肩后，

谁教花香绕？

2022 年 4 月 5 日 海南三亚

忆秦娥·庚子谷雨

雷声震。

叶听雨落敲春韵。

敲春韵。

子规早醒，

老槐不困。

亩田播下千千问。

稻菽秋日万重锦。

万重锦。

汗挥一垄，

喜增一寸。

2020 年 4 月 19 日　北京

望仙门·辛丑谷雨

黄鹂飞过数重山。

到身前。

溪声不胜鸟声喧。

闹春妍。

布谷催声紧，

农家早在桑田。

细苗插下百十千。

百十千。

五色好江南。

2021 年 4 月 20 日 江苏扬州观音山

荆州亭 · 壬寅谷雨

缕缕丝丝难住。

好雨催生百谷。

戴胜戏桑枝，

浅唱先知春暮。

滴露新芽如簇。

恰对牡丹正怒。

晨起煮鲜茶，

散入比邻庄户。

2022 年 4 月 20 日 海南三亚

木兰花·己亥立夏

叶重渐觉牡丹小。

声咽更知莺已老。

杨花懵懂解人情，

扑面强说春正好。

罗纱堪比春袍俏。

茉莉池荷相视笑。

凭轩拂袖夏风柔，

袅袅新茶浮晚照。

2019 年 5 月 6 日　北京

青门引·庚子立夏

不似春风冷。

四野红黄争胜。

且窥枝后远山影，

只消一夜，

已换江南景。

三春吹断风不定。

一扫青云净。

殷勤绕树全为，

收拾满地残红影。

2020 年 5 月 12 日　北京

临江仙·辛丑立夏

叶底豆藏青杏小，
闲云浅草汀洲。
绿加红减竟自由。
风吹寒鸟去，
浪打暖江流。

满目青青吟廖阔，
飞花不卷春愁。
开颜最是花满头。
三春童子闹，
立夏少年游。

2021 年 5 月 5 日 北京

秋蕊香·壬寅立夏

风暖方知春暮。

无计挽它同住。

折得细柳才一束。

聊记东风曾度。

春花总被夏花妒。

人踟蹰。

海棠栀子香千户。

各美何争翘楚。

2022 年 5 月 5 日 北京

渔家傲·己亥小满

红隐翠浓青杏小。

麦芒欲满香还少。

春嫩七分消未了。

人莫躁。

夏花才露三分俏。

岭上青竹摇劲草。

勃勃总胜纤纤好。

浩荡夏风阡陌扫。

溪前绕。

新桃已见抱枝笑。

2019 年 5 月 21 日　云南昆明

清平乐·庚子小满

郊田绿遍。

轻捻浆汁浅。

柳碎縠纹波几转。

缭乱飞英扑面。

熏风才起层楼。

樱桃正嵌梢头。

偏有弄波金麦，

先知小满含秋。

2020 年 5 月 20 日　北京

蝶恋花·辛丑小满

鸭在闲池鸥在岸。

弱柳拂风，

滴露两三点。

水色山光清又远。

蔷薇芍药深还淡。

曾记微寒吹叶短。

昨日纤芽，

新麦浆稍满。

远去三春人不管。

千川红绿千花染。

2021 年 5 月 21 日 湖北武汉

蝶恋花·壬寅小满

飞尽乱红春去远。

麦染金稍，

黄绿撩人眼。

桑葚欲红溪欲满。

和风更比丝绦软。

休道眼前流水浅。

看取山前，

云掩雷声缓。

酒饮微醺花乍绽。

人间便胜瑶池畔。

2022 年 5 月 21 日 北京

如梦令·己亥芒种

才过飞花时令。

便见北国芒种。

遥想雨江南，

湿透农屋田垄。

忙种。

忙种。

喘月吴牛不动。

2019 年 6 月 6 日　北京

千秋岁·庚子芒种

采梅煮酒。
最是好时候。
花神退，
赏不够。
乘风梅子雨，
含笑红石榴。
头举处，
伯劳啼破青枝后。

新麦黄初透。
风起波如皱。
垄头喜，
田歌吼。
躬身插晚稻，
希冀随人走。
白日烈，
农夫溽汗贴衣袖。

2020 年 6 月 5 日 北京

忆王孙·辛丑芒种

去年梅子酒还藏。

又见新枝梅子黄。

细雨斜飞燕子梁。

好时光。

最喜轻风温又凉。

2021 年 6 月 5 日 北京

甘州遍·壬寅芒种

榴花秀，

碎影乱竹墙。

写春殇。

春归夏舞，

生生不让，

青青叶底跳螳螂。

新稻绿，

麦金黄。

风吹浪涌无际，

缩手怯锋芒。

笑声起，何处煮梅香。

醉金觞。

却知陌野，

尽日垄田忙。

2022 年 6 月 6 日 北京

忆江南·己亥夏至

光如泄，

扰扰柳丝忙。

不怨片云两点雨，

还求小扇一分凉。

暑气锁纱窗。

残梦醒，

不敢对骄阳。

灿烂始从今夜短，

星辰白日等同长。

欲卧又思量。

2019 年 6 月 21 日　北京

一剪梅·辛丑夏至

烈日从来夏至高。

热也如烧，

汗也如浇。

熏风无力动人袍，

蝉不悄悄，

蛙不悄悄。

百媚暑中无寂寥。

蝶自飘飘，

桃自夭夭。

流光从未把人抛，

春在樱桃，

夏在芭蕉。

2021 年 6 月 21 日　江西会昌

一剪梅·壬寅夏至

昼永从无夏至长。

昨也骄阳，

今也骄阳。

新桃犹绿杏早黄，

风正张狂，

雨正张狂。

莫恨暑蒸人欲藏。

秋也苍凉，

冬也苍凉。

青娥更羡夏时妆，

裁剪寒光，

绣尽花香。

2022 年 6 月 21 日　北京

迎春乐·庚子小暑

才觉斗柄南指远。

熏风起、觅罗扇。

促织忙、低翅新鹰慢。

云影净、繁星乱。

日烈烈、风悄树软。

雨急急、蛙藏禾健。

城中小楼闲适,

未解农家汗。

2020 年 7 月 6 日 北京

笺注

　　古人依据星象规律，以北斗七星斗柄旋转指向来确定节气，斗指南为夏季。小暑节气"蟋蟀居宇，鹰始鸷"，意即由于炎热，蟋蟀离田到庭院墙角躲避，雏鹰此时开始练习飞翔。

西江月·辛丑小暑

蜂赠三分嬉闹，

瀑添一片欢声。

鸟歇花倦热如蒸。

垄上牛藏树影。

眼送雨来雨去，

袖随风起风停。

纤尘一洗坐清风。

烟笼青山似梦。

2021 年 7 月 7 日 北京

渔家傲·壬寅小暑

恬静白莲娇木槿。

群芳欲老叶不嫩。

人道荷开池水近。

挥汗问。

何处绿荫多一寸？

半展闲书茶半饮。

蝉鸣聒破午时困。

莫信城中说暑恨。

喜不禁。

无边千绿禾苗劲。

2022 年 7 月 7 日 北京

踏莎行·己亥大暑

柳舞稍疲，

蝉鸣更健。

百禾倦对伏天旱。

垄田无见喘息牛，

好风赖有轻罗扇。

门闭焦阳，

茶消香汗。

抛书小憩人思懒。

劝君节令数从头，

秋凉只待月之半。

2019 年 7 月 23 日　黑龙江哈尔滨

瑞鹧鸪慢·庚子大暑

疏星眉月过庭轩。

溪声不倦送缠绵。

永昼无风，

日去热难减，

一缕清凉扇底间。

凡尘扰扰纷纷事，

总无一日松闲。

纵是汗透罗衫，

溽暑蒸千里、却安然。

何羡蟾宫寂寞寒。

2020 年 7 月 22 日 北京

忆王孙·辛丑大暑

轻摇柳影照篱墙。

向日荷莲粉满塘。

不倦鸣虫枝上忙。

尽人藏。

剩有闲菊独自黄。

2021 年 7 月 22 日　黑龙江抚远

浣溪纱·己亥立秋

未见秋来细雨缠。

枝头花好正争鲜。

衡阳已待雁回还。

禾绿自嫌颜色老，

云高更显远山蓝。

忽觉滴露跳人肩。

2019 年 8 月 8 日　黑龙江哈尔滨

二十四节气

忆王孙·己亥立秋

晚来怯怯叶敲窗。

竹影纤纤摇女墙。

灯下又翻旧简囊。

叹时光。

昨日还飘春草香。

2019 年 8 月 8 日 广西南宁

金错刀·庚子立秋

暑未退，

日先偏。

梦中秋色到枕前。

红黄正闹凉无迹，

高柳深深阵阵蝉。

劳力苦，

汗湿衫。

风吹菽麦向刀镰。

起身试问枝头雀，

却道秋声近村边。

2020 年 8 月 7 日 北京

卜算子·辛丑立秋

欲画意中秋，

且与雁商量。

任性百花正少年，

无处秋模样。

扇底恨无凉，

细雨难清爽。

莫道金风不送秋，

秋在桑麻上。

2021 年 8 月 7 日 北京

一剪梅·己亥处暑

昨夜浙浙试雨寒。

断续余蛙，

断续孤蝉。

奈何残暑恋青枝，

金谷银棉，

已动刀镰。

休为花残闲倚栏。

欲揽青峰，

且觅秋衫。

不忧绿减少诗情，

山美斑斓，

人爽高天。

2019 年 8 月 23 日 黑龙江哈尔滨

锦缠道·庚子处暑

不似秋风，

暑气还缠衣袖。

青天幕、巧云初露。

平芜千里美如绣。

谷米金黄，

柿柿红将透。

义禽鹰祭食，

不击胎有。

雁归来、孰先孰后。

羽扇藏、已见窗纱旧，

问菊蓓蕾，

何处金风有？

2020 年 8 月 22 日　北京

笺注

　　据记载，古时将处暑分为三候，"一候鹰乃祭鸟"，即老鹰感其气始捕击诸鸟，然必先祭之，且不击有胎之禽，故谓之义禽。

清平乐·辛丑处暑

促织乐暑。

不问吴牛苦。

水自扬波云自舞。

欢悦焦阳到处。

夏荷去也彷徨。

秋菊正待金黄。

且趁风和云淡，

高台忙试新凉。

2021 年 8 月 23 日　北京

临江仙·己亥白露

鸿雁半飞荷半落，
夜来玄鸟相从。
晓晨气爽露中行。
叶尖多碎玉，
枝上少虫鸣。

红枣打落如雨下，
稚儿笑赛银铃。
水香茶老热蒸腾。
休言秋已至，
篱后柿还青。

2019 年 9 月 8 日 广东梅州

风入松·庚子白露

青云一片净如闲。

送北燕南还。

娇红又减三分影，

却迎目、五色河山。

欲捧叶尖玉露，

朝晖斜闪万千。

风光正是好田园。

果坠颤枝间。

春茶老去秋茶暖，

掌中盏、醇厚缠绵。

枝上一飞乌鹊，

珍珠恰落人肩。

2020 年 9 月 7 日 北京

唐多令·辛丑白露

白露叶难黄。

风拂袖底凉。

过高天、疏雁未成行。

花恋粉蝶蝶不去，

慢道老、日还长。

迟到怨秋光，

何时羽扇藏。

看庭轩、忽一点菊黄。

天道因循知冷暖，

无迟早、是寻常。

2021 年 9 月 7 日 北京

蝶恋花·己亥秋分

昼永夜缺今已矣。

只望今宵，

星乱多些许。

拜月亭中香烛起。

声声雁叫青云里。

黄叶辞枝飘如雨。

偏有残红，

不肯风吹去。

谁道此中无美意。

春晖也羡秋光丽。

2019 年 9 月 23 日　北京

笺注

　　秋分曾是传统的"祭月节"。后来将"祭月节"调至农历八月十五日，即现在的中秋节。各地至今遗存着许多"拜月坛""拜月亭""望月楼"的古迹。北京的"月坛"即是明嘉靖年间为皇家祭月修造的。

喝火令·庚子秋分

才恐日归早，
倏忽昼夜匀。
枝到秋半瘦一分。
送雁衡阳南去，
离叶落纷纷。

休叹霜河冷，
秋华密似云。
黄菊铺地惹罗裙。
似见月凉，
似见寂寞魂。
似见蟾宫金桂，
香气正袭人。

2020 年 9 月 22 日　浙江嘉兴

渔家傲·辛丑秋分

羞涩菊香清四溢。

秋分何羡春分绿。

不问花魁娇艳闭。

鸿雁去。

纸鸢得意苍穹碧。

叶底未闻蝉饮泣。

金风一扫凄凉意。

垂地稻粱添自喜。

亩千里。

挥镰尽是秋消息。

2021 年 9 月 23 日　广东深圳

破阵子·己亥寒露

树缀寒珠万点，

云托雁阵几行。

荷老犹存波下藕，

叶老却添秋彩妆。

岭头红映黄。

停看小庭闲景，

随花擦过短墙。

白发插菊何惧满，

空谷放歌对大荒，

格桑照暮阳。

2019 年 10 月 8 日 北京

喝火令·庚子寒露

鸿雁来宾晚，

珠寒叶亦凉。

老荷闲草淡如霜。

风过只摇黄叶，

声脆促织忙。

远近枫初火，

浅深菊始黄。

山萸庭桂共秋光。

不叹微寒，

不叹叶辞忙。

不叹疏枝憔悴，

偏又蟹飘香。

2020 年 10 月 8 日　北京

笺注

寒露一候鸿雁来宾。《礼记集说》云："雁以仲秋先至者为主，季秋后至者为宾，如先登者为主人，从之以登者为客也。"

鹧鸪天·辛丑寒露

莫向青枝觅冷寒。

举头还是艳阳天。

才听坠叶黄河北，

又见归鸿秦岭南。

更岁岁，

变年年，

枯荣消长自回环。

谁言寒露失颜色，

满目山河菊领先。

2021 年 10 月 8 日 北京

木兰花·己亥霜降

昨夜金风吹又住。

晓看霜白千万树。

平芜空寂少虫鸣,

履齿新痕石板路。

红柿如灯悬万户。

飒飒菊摇留秋住。

稻随镰动小儿歌,

不问嫦娥青女妒。

2019 年 10 月 24 日　北京

笺注

传说霜为天庭青女所洒。青女、嫦娥都不惧寒冷，相互嫉妒。

系裙腰·庚子霜降

秋光款款卸红妆。

娇自减、嫩自藏。

清霜不染排云雁，

又添几行。

近草绿，

远山苍。

忽听夜雨过疏窗，

清旧絮、洗神伤。

金菊不信霜来早，

笑绕短墙。

尽染一片，

好红黄。

2020 年 10 月 23 日 北京

清平乐·辛丑霜降

横斜浓淡。

霜叶参差换。

欲教青云随去雁。

又恐衡阳路远。

遥想昨日青峰。

也当霜染群松。

琥珀香茗在手，

快哉醉了金风。

2021 年 10 月 23 日 北京

摊破浣溪纱·己亥立冬

十里长林十里风。

萧萧木叶错杂中。

闪烁天光纷乱语,

问立冬。

消减青红颜色老,

辞枝欲坠意难平。

寒去只须弹指日,

有春风。

2019 年 11 月 8 日　北京

忆江南·己亥立冬

鸣雁去，

霜浸夏窗纱。

瑟瑟西风逐剩叶，

平林凋尽旧时花。

树老一声鸦。

芳樽举，

寒至莫嗟呀。

不患前庭秋绿少，

且登后岭数梅花。

指日雪还家。

2019 年 11 月 8 日　北京

一斛珠·庚子立冬

群芳寂寞。

萧萧老树多些个。

鸦声催落余花朵。

不见蛰虫,

霜试秋千索。

池边旧柳叶稍破。

青枝难舍当时色。

登高不问西风恶。

情暖夕阳,

岁月乘风过。

2020 年 11 月 7 日　四川成都

卜算子·辛丑立冬

红紫近无踪，
羞被黄花妒。
曾记春风吹面时，
恋恋难辞树。

南岭小阳春，
塞外鹅毛舞。
欲问冬来谁苦寒，
雪裏新梅处。

2021 年 11 月 7 日　北京

浪淘沙·己亥小雪

黄叶满京华。

独少寒鸦。

玉蝶岁岁不还家。

翠减疏枝明暗处，

犹见残葩。

塞外却肃杀。

门锁喧哗。

千山欲静听雪花。

不信寒天无乐事，

书伴红茶。

2019 年 11 月 22 日　北京

画堂春·庚子小雪

西风一夜吹又忙。

层层深浅橙黄。

斜飘细雪落短墙。

扑面只生凉。

抱树犹存残绿，

柳丝日日新霜。

莫言未改旧时妆。

篱畔嗅菊香。

2020 年 11 月 22 日　北京

忆王孙·辛丑小雪

无时雨雪正交加。

且借归鸿试肃杀。

剩有残红恋旧家。

有湖鸭。

还作春时觅小虾。

2021 年 11 月 22 日　北京

唐多令·己亥大雪

隔叶鹊啾啾。

还说昨日秋。

竟不觉、雪过西楼。

云碎身分千万片，

纷纷落、路人头。

童稚画中游。

蒙蒙走马牛。

岭上松、枝作银钩。

一夜飘飘惊变换。

蝶满树、玉满瓯。

2019 年 12 月 7 日　北京

双雁儿·庚子大雪

晓来未见雪缠云。

倦叶在、恋枝吟。

却疑节令又饶人。

夏无踪、有秋痕。

远山青影长精神。

岭上柏、绿如春。

莫言白雪此难寻。

燕归时、化雨魂。

2020 年 12 月 7 日 北京

临江仙·辛丑大雪

雪落何须十万片，
人间已冻三分。
难飘黄叶掩履痕。
欲知寒起处，
岭上有冬云。

绕树三匝鸦不起，
银霜踏落纷纷。
冷梅才放瓣还新。
古松随意绿，
谁道必逢春。

2021 年 12 月 7 日　北京

鹧鸪天·戊戌冬至

冬至寒云掩暮鸦。

紫金山下见新芽。

风急不减争春力，

雨冷更催向日发。

红千点，

喜万家。

却思塞外意嗟呀。

鲜苞欲眺昆仑远，

且送香魂作雪花。

2018 年 12 月 22 日　江苏南京

瑞鹧鸪慢·庚子冬至

无风无雪看霜天。

鸦衔黄叶到窗前。

远眺青山，

千里萧萧木，

一段松枝一寸寒。

不惊冬至风吹骨，

阴阳冷暖人寰。

遥知岭上梅红，

不信寒无际、自安然。

已有迎春到枕边。

2020 年 12 月 21 日 海南琼海博鳌

醉花阴·辛丑冬至

才恨山阴吹雪厚。

冬至鸦啼又。

似镜眼前冰，

还记春时，

漾漾风吹皱。

日落匆匆何事有。

晖漏寒枝后。

谁道更苦寒，

剩有孤梅，

雪里花魁秀。

2021 年 12 月 21 日　北京

摊破浣溪纱·己亥小寒

冬至肃杀怨未完。

雪催风暴又小寒。

两字便觉三分冷，

又添棉。

热气蒸腾羊狗鲜，

酒茶狼狈醉鼾眠。

野雉早知阳气转，

唤新年。

2020 年 1 月 6 日 海南三亚

唐多令·庚子小寒

北望雪如绵。

白银一色天。

渺渺鸦、影瘦声单。

人道小寒无生气，

岭头绿、有松杉。

不忘柳缠绵。

冻枝立似闲。

任朔风、空过平川。

拂落银花肩不冷，

千里目、越重山。

2021 年 1 月 5 日 海南三亚

鹧鸪天·辛丑小寒

碧叶繁花道小寒。

椰风不信雪封山。

温情缕缕江南雨，

豪气纷纷塞北天。

寒彻骨，

百花喧。

天长地阔好河山。

雾凇不羡木棉火，

一样月华到眼前。

2022 年 1 月 5 日 海南三亚

七绝·乙亥大寒

别样寒枝立朔风，

银白照眼万山同。

人言寒至画图少，

吹落梅花雪上红。

2020 年 1 月 20 日　北京

后庭宴·庚子大寒

风助雪斜，

冰蒸寒气。

谁家迟雁南飞去。

岁晚犹有欢喜鸦，

声声不管空山寂。

从容雪落衣襟，

悦目素妆千里。

望梅一树，

朵朵春消息。

细柳鸟啼时，

新花香满地。

2021 年 1 月 20 日 海南三亚

鹧鸪天 · 辛丑大寒

枝冻已非一日寒。

偏知今日往还完。

当时累累黄金果，

犹有香留唇齿间。

冰闪闪，

雪团团。

碎琼乱玉冷千山。

莫言极至寒便了，

不见嬉鸭春不还。

2022 年 1 月 20 日　海南三亚

传统节日

七绝·除夕夜即景

芳樽交错举家欢，
嬉闹儿童碰酒翻。
今日寻常十年后，
思量最是惹心弦。

2019 年 2 月 4 日　北京

七绝·春节红灯

谁挂红灯对女墙，

柔光照暖瓦边霜。

今宵满目灯如雨，

只为除夕作晚妆。

2019 年 2 月 4 日　北京

七绝·写春联

忙借寒竹试笔痕，
桃符喜作对祥云。
请君再取墨一点，
管教千门万户春。

2019 年 2 月 4 日 北京

踏莎行·己亥春节

福字添红，

爆竹又绽。

从来新岁春为伴。

高台试上觅芳踪，

清风正过冰河岸。

北斗难移，

青山不换。

乌丝却见霜参半。

鸟啼不问春早迟，

唤来朝日惹人看。

2019 年 2 月 5 日 北京

卜算子·己亥新春乐

烛动雪中梅，

竹爆云中脆。

笑语稍歇又丝弦，

万户拼一醉。

新酿洗乡愁，

彩锦织祥瑞。

欲问庭树春来否，

门外欢声沸。

2019 年 2 月 5 日 北京

长相思·鼠年春节感怀

鼠年春节正值新型冠状病毒流行之时，感慨系之。

岁岁欢。

鼠岁欢。

北鼓南狮灯照年。

人寰有祸端。

火神山。

雷神山。

喝断瘟君遁不还。

还我朗朗天。

2020 年 1 月 27 日 海南三亚

瑞鹧鸪慢·海南庚子除夕

爆竹声骤送椰风。

芭蕉叶绿掩灯红。

贴水白鸥，

戏点层层浪，

不见北国百丈冰。

春来榕起千丝舞，

寒梅雪里逢迎。

金瓯一片斑斓，

七色争南北、扮春容。

却有桃符一色同。

2021 年 2 月 11 日 海南三亚

传统节日

滴滴金·壬寅春节

暖阳新起东山侧，

河未开、雀争落。

寒梅簪雪数点红，

也知新春乐。

数声喜鹊人头过。

门楣红、爆竹破。

玉盏盛得满堂香，

童笑秋千索。

2022 年 2 月 1 日 海南三亚

玉楼春·己亥元宵节

摇红檐下灯如线。

渐次目迷星雨乱。

倾城如涌睹龙狮,

儿女幽幽眉目换。

上元自古多兴叹。

频倚高楼寻灿烂。

昔年仰首觅穹窿,

今日风流城下看。

2019 年 2 月 19 日 北京

蝶恋花·庚子鼠岁元宵节

曾忆上元灯似昼。

市井喧哗，

彩练笙歌秀。

今夜蟾宫明如旧。

街空却照昏灯瘦。

谁信流云闭月久。

万户倚窗，

凝语观星斗。

不惹啼痕湿彩袖。

芳樽共举云开后。

2020 年 2 月 8 日　海南三亚

瑞鹧鸪慢·辛丑元宵节

有感庚子年元夕时新型冠状病毒流行，今年此时趋缓，因记之。

泠泠春水唤春风。

银滴月满暗群星。

四野灯河，

烁烁接天去，

辉照千门笑语轻。

萧疏寂寥说庚子，

元夕今日遭逢。

万人勠力同怀，

欲扫乾坤朗、有新灯。

聊胜去年万户红。

2021 年 2 月 26 日 海南三亚

寻梅·壬寅元宵节

偏觉四野明似昼。

挑月灯、天通地透。

星晖还是去年旧。

对灯河，

却愧影单光瘦。

欢声总在红灯后。

稚子奔、嘻哈不够。

庭中耳热杯传酒。

管弦急，

又唱岁丰人寿。

2022 年 2 月 15 日 海南三亚

忆江南·己亥清明

群芳醒，

暖日试春妆。

喧闹桃红嫌李素，

迎春不让菜花黄。

金桂逗海棠。

清明酒，

微醉细商量。

岂是姚黄魏紫好，

天成七色作华章。

花海正汪洋。

2019 年 4 月 5 日 北京

南乡子·清明春游

一夜入清明。

最是欢欣枝上莺。

唤起白梅呼紫玉,

声声。

且看人间四月风。

转过万花丛。

扑面鹅黄掩粉红。

忽有溪头人语笑,

盈盈。

正趁斜阳留玉容。

2019 年 4 月 5 日　北京

七绝·清明即景

春水淙淙碎日光，
清明溪绿慢鸳鸯。
纸鸢飞过村前柳，
风荡秋千红杏旁。

2019 年 4 月 5 日　北京

七绝·庚子寒食节

怜取迎春独自黄，

寒食碧野尽海棠。

人间不见炊烟起，

只看绵山清气长。

2020 年 4 月 3 日 北京

笺注

　　史籍记载，春秋晋国公子重耳流亡他国长达十九年，大臣介子推始终不离不弃，甚至"割股啖君"。重耳成为晋文公后，介子推不求利禄，与母亲归隐绵山。晋文公为迫其出山相见而下令放火烧山，介子推坚决不出山，最终遭火焚而死。晋文公感念忠臣之志，下令在介子推死难之日禁火寒食，以寄哀思，自此有"寒食节"。自清初，寒食节便定在清明节之前一日，现在寒食节已融并入了清明节。

七绝·戊戌端午

竞渡龙舟青粽香，

年年为谁诉衷肠？

屈原肝胆曹娥泪，

忠孝争与日月长。

2018 年 6 月 18 日 北京

七绝·端午听泉

仲夏端阳清净天，

榴花照眼艾草鲜。

清凉自寻好风景，

空谷远听花下泉。

2018 年 6 月 18 日　北京

七绝·端午龙舟

端阳五月淡春愁，

童叟江湖看赛舟。

呐喊声夺动地鼓，

旌旗影乱引潮头。

2018 年 6 月 18 日 北京

七绝·端午青蒿

五月端阳暑色深，
千般碧色竞铺陈。
青蒿一叶天生草，
香绕千家万户门。

2018 年 6 月 18 日 北京

七绝·端午踏青

五月蒌蒿处处生,

岭头阡陌竞繁荣。

少年不识蒌蒿味,

还与寻常野草同。

2018 年 6 月 18 日 北京

鹧鸪天·己亥端午

波上龙舟鼓正忙。

溪头艾草衬红妆。

儿童游戏村前水，

风送隔篱青粽香。

汨罗碧，

清舜江。

曹娥屈子两端详。

心随浪涌天边去，

流送千门向儿郎。

2019 年 6 月 7 日　北京

传统节日

笺注

　　端午节来历之一说，是为纪念东汉孝女曹娥救父投江。曹娥父溺于江，数日不见尸，时曹娥十四岁，沿舜江号哭。十七天后，即五月五日，曹娥投江，五日后抱出父尸。事传至县府知事，县令度尚欲为之立碑，让弟子邯郸淳作诔辞颂扬。后人为纪念曹娥孝节，在曹娥投江处建曹娥庙，曹娥殉父处定名曹娥江。

鹧鸪天·庚子端午

午月龙飞艾草深。

粽香不挡散千门。

泠泠一盏端阳水,

借取清凉多几分。

汨罗水,

楚天云。

涛头又见把旗人。

曹娥泪洒江河满,

更有波辉屈子魂。

2020 年 6 月 25 日 北京

传统节日

笺注

　　按十二地支顺序计算，每年第五个月为"午月"，午月午日谓之"重午"。而午日又为"阳辰"，所以，端午也称为"端阳"。端午节源自天象崇拜，由上古祭龙演变而来。端午是苍龙飞天的日子，乃大吉大利。

临江仙·辛丑端午

才叹无情春去久，
扑怀艾草清香。
杨花落尽麦初藏。
年年端午绿，
朵朵野花黄。

涛打龙舟旗更举，
浪花不似寻常。
思君总似水流长。
杜鹃长恨血，
啼落汨罗江。

2021 年 6 月 14 日　四川泸州

一落索·壬寅端午

犹记杨花飞舞。

倏忽端午。

艾青还是去年香，

汨罗浪、龙舟鼓。

通透艳阳如瀑。

野田花囿。

少年若负好时光，

端阳去、夕阳补。

2022 年 6 月 3 日 北京

鹊桥仙·己亥七夕

银河玉碎，

华灯色乱，

天上人间缱绻。

呼来灵鹊作心桥，

不教泪雨湿两岸。

苍山难老，

青石不烂，

自有多情飞燕。

滔滔万点落啼痕，

流入天河终遂愿。

2019 年 8 月 7 日　内蒙古呼和浩特

鹊桥仙·辛丑七夕

花随鸟睡，

风吹月落，

断续虫鸣夜色。

此时最是恨天河，

看两岸星光泪做。

牵牛一日，

昙花三刻，

浅淡流云易过。

寻常一寸爱心知，

却总是千年如火。

2021 年 8 月 14 日　北京

捣练子令·中秋听琴

如镜月，

似纱云。

香径蔷薇人抱琴。

暂请嫦娥停寂寞，

轻扶丹桂赏清音。

2018 年 9 月 24 日　海南文昌

渔家傲·戊戌中秋思宝岛

月嵌墨空星黯淡。

羽翮慢举孤鸿雁。

一路东南岛影渐。

疾疾唤。

只寻日月潭边伴。

万载涛回拍两岸。

浪花尽是泪花变。

衰鬓归心急似箭。

思难断。

并禽应在滩头站。

2018 年 9 月 24 日 海南文昌

踏莎行·戊戌中秋月

星汉无涯，

霁云不散。

清秋圆月今重见。

姮娥舞袖赏无人，

吴刚不老树为伴。

新月欲圆，

残亏自满。

年年攘攘举头看。

闲情自不问蟾宫，

喜得膝下童孙转。

2018 年 9 月 24 日　北京

七律·戊戌中秋诗意

偏到中秋诗意奢，

广寒寂寥桂婆娑。

欲书天上思凡事，

又叹红尘离恨多。

把玉如觑鸳鸯面，

举樽欲与故人酌。

青丝搔落词将尽，

却道冰轮云雾遮。

2018 年 9 月 24 日　北京

破阵子·己亥中秋望月

洗净残云万片，

欢欣圆月如盘。

远落银河青岭外，

近洒星辉杯酒前。

不觉吹袖寒。

朔望月来月去，

悲欢人散人还。

不见嫦娥红粉泪，

且喜门庭笑语喧。

花灯夜未阑。

2019 年 9 月 13 日 北京

鹧鸪天·庚子中秋

暑匿红歇雁字还。

清光不挡漫人寰。

昔时还是蛾眉瘦，

情满溢得今日圆。

思客旅，

念征帆。

清茶一盏到窗前。

银晖偏洒相思地，

不问街间与边关。

2020 年 10 月 1 日　北京

太常引·辛丑中秋

疏星朗月夜天长。

秋意透纱窗。

无处不清光。

菊几簇、鸣虫草藏。

冰轮情满，

彩云意重，

载不动愁肠。

月去莫彷徨。

留银色、多描故乡。

2021 年 9 月 21 日　北京

卜算子·重阳

茉莉渐无娇，

丹桂秋来傲。

霞上斜阳染壁红，

松下金菊闹。

策杖上层山，

气定观云绕。

不问残枝不问秋，

对日拈花笑。

2018 年 10 月 17 日　北京

七绝·重阳登台

重阳气爽立高台，

半落群芳又半开。

秋尽不忧花去后，

冬梅早伴朔风来。

2018 年 10 月 17 日 北京

七绝·重阳揽镜

揽镜重阳最有情，
三千白发不觉生。
夕阳岂比朝云美，
秋色也堪照眼红。

2018 年 10 月 17 日 北京

蝶恋花·庚子重阳

叹罢春红吟罢柳。

叶老英残，

谁是摧花手。

嫩粉娇黄香未够。

茱萸却道重阳又。

挑拣秋衫高路走。

茶满糕甜，

更醉菊花酒。

白发西风秋未瘦。

回眸霞满青山后。

2020 年 10 月 25 日　北京

一剪梅·辛丑重阳节

望断青山望断云。

绿叶深深，

红叶纷纷。

金风欲染白发人，

雀隐高林，

笛隐高林。

总向黄菊念早春。

忆有三分，

淡有三分。

斜阳款款入金樽，

杯里乾坤，

眼里乾坤。

2021 年 10 月 14 日　北京

十二时辰

一剪梅·子时 夜半 鼠

夜半星辰夜半风。

眠里人寰，

梦里苍穹。

月斜花倦鼠精神，

蝉也知休，

蛙也无声。

漫道深沉便无明。

隐隐喧哗，

万物催生。

只消片刻满生机，

朗朗乾坤，

侧耳倾听。

2021 年 12 月 14 日 北京

踏莎行·丑时 鸡鸣 牛

夜隐千山，

星辉万户。

无言河汉斜天幕。

乾坤莽莽着墨痕，

沉沉谁染浓如雾。

时有鸡鸣，

欲啼又住。

槽头牛望耘田处。

促织零落透轩窗，

关山不挡梦游处。

2021 年 12 月 15 日 北京京西

天仙子·寅时 平旦 虎

人静鸟藏鸣已断。

淡月窗前移也慢。

欲明且借好星光，

寒暖换。

在平旦。

缕缕丝丝风渐渐。

虎啸若闻危岭畔。

惊起禽飞翻影乱。

鼾声未止睡难足，

灯花暗。

莺却唤。

早解行舟春水岸。

2021 年 12 月 16 日 北京京西

临江仙·卯时 日出 兔

三唱天鸡听未够，
东窗辉映融融。
金光先洗泰山松。
水银残月淡，
烈火满江红。

睡兔先随尘世醒，
纷纷扰扰匆匆。
朦胧一洗目分明。
日出破天地，
照澈万山青。

2022 年 1 月 12 日 海南三亚

摊破浣溪纱·辰时 食时 龙

谁送金乌上岭巅。

光明透彻遍人寰。

微风轻抖真珠散，

落人肩。

犬吠鸡鸣阡陌远，

朝食待举望炊烟。

正有金龙晨布雨，

好犁田。

2022 年 1 月 7 日 海南三亚

巫山一段云·巳时 隅中 蛇

云过千山顶，

日穿百丈林。

灵蛇抖擞鸟啼频。

田亩尽耕人。

百业喧哗盛，

蓬勃万物新。

人间此刻好光阴。

盛日欲临门。

2022 年 1 月 8 日 海南三亚

清平乐·午时 日中 马

云轻日正。

满目山河净。

风淡也吹堤柳影。

睡闻马嘶欲醒。

夏秋无计冬春。

午阳长满乾坤。

且借盈天浩气，

育得万世儿孙。

2022 年 1 月 8 日 海南三亚

鹊桥仙·未时 日昳 羊

日中才过，
蝉嘶不倦，
绿草白羊互见。
平添几抹好天光，
桃李巍巍丹红面。

不攀烈日，
却增灿烂，
正是上天行健。
殷勤不虑下西山，
信有霞晖托天半。

2022 年 1 月 9 日 海南三亚

点绛唇·申时 哺时 猴

雨去初晴，
清风斜影天将老。
蛙声未小。
又有猿啼渺。

苦汗奔忙，
劳作时光好。
莺啼叫，
山花争俏。
正是金光照。

2022 年 1 月 10 日 海南三亚

谒金门·酉时 日入 鸡

天欲淡。

岭后林深花暗。

鸡入竹笼门后犬。

尽随昏日倦。

昼夜长消渐渐。

融断繁华片片。

且放身心随意展。

寥廓如梦远。

2022 年 1 月 8 日 海南三亚

诉衷情·戌时 黄昏 狗

云停风定走金乌，
蝶鸟一时无。
马牛自辨归路，
犬吠淡星出。

门户闭，
有灯疏。
晚食熟。
东眺明朝，
破海金鳞，
东方红处。

2022 年 1 月 10 日 海南三亚

渔家傲·亥时 人定 猪

墨撒穹窿星月静。

笙歌唱尽无钟磬。

黄犬目明豚不醒。

人已定。

忙趁无声入新梦。

　

不见喧哗街市景。

幽幽灯照酒旗冷。

明月更觉尘世净。

天鸡动。

东窗便是朝晖影。

2022 年 1 月 12 日 福建宁德

鹧鸪天·晨昏十二时辰

日坠西巅复东升。

星辰入海待鸡鸣。

曦微浅浅深深夜，

惯看泰山绝顶红。

龙布雨，

虎生风。

晨昏牛马自躬耕。

顺天参破阴阳语，

不老青天不老翁。

2021 年 12 月 15 日 北京京西

水仙子·十二时辰

三更四野现天鸡。

白日辛勤日落息。

金乌一唱冰轮去。

千年总不疑。

苍穹自有玄机。

散还聚。

星斗移。

人与天齐。

2022 年 1 月 7 日 海南三亚

小庭初秋

五绝·小庭初秋 一

小庭花世界，

楼外绿文章。

秋有十分意，

七分菊后藏。

2019 年 9 月 1 日 黑龙江哈尔滨

五绝·小庭初秋 二

小庭花世界，

七色掩高楼。

早见秋光好，

何须岭上求。

2019 年 9 月 1 日 黑龙江哈尔滨

五绝·小庭初秋 三

小庭花世界，
慢道美独收。
平野目穷处，
千山树树秋。

2019 年 9 月 1 日 黑龙江哈尔滨

五绝·小庭初秋 四

小庭花世界，

叶绿引蝶狂。

总是时节误，

深山叶已黄。

2019 年 9 月 1 日 黑龙江哈尔滨

五绝·小庭初秋 五

小庭花世界，
片叶已知秋。
魂梦关山外，
炎凉共环球。

2019 年 9 月 2 日 黑龙江哈尔滨

五绝·小庭初秋 六

小庭花世界，

夜静正依楼。

明月嫦娥在，

蟾宫也度秋？

2019 年 9 月 2 日 黑龙江哈尔滨

五绝·小庭初秋 七

小庭花世界，

人去椅虚空。

夜静无观赏，

明朝依旧红。

2019 年 9 月 2 日 黑龙江哈尔滨

五绝·小庭初秋 八

小庭花世界，

忽见老枝黄。

未感秋凉意，

犹言夏日长。

2019 年 9 月 3 日 黑龙江哈尔滨

五绝·小庭初秋 九

小庭花世界，

阡陌黄主张。

闲者烟茶酒，

还写夏文章。

2019 年 9 月 3 日 黑龙江哈尔滨

五绝·小庭初秋 十

小庭花世界，

峻岭兽家园。

猛虎蔷薇嗅，

慈悲上笔端。

2019 年 9 月 4 日 黑龙江哈尔滨

小庭初秋

笺注

　　"心有猛虎，细嗅蔷薇"，是英国诗人西格里夫·萨松的经典诗句，由诗人余光中译介。意思是，老虎也会有细嗅蔷薇的时候，忙碌而远大的雄心也会被温柔和美丽折服，安然感受美好。

五绝·小庭初秋 十一

小庭花世界，
少见腊梅栽。
叶落纷纷后，
琼华自在开。

2019 年 9 月 4 日 黑龙江哈尔滨

笺注

琼华，雪花别称。韩愈《春雪映早梅》诗："未许琼华比，从将玉树亲。"韦庄《冬日长安感志寄献虢州崔郎中二十韵》："闲招好客斟香蚁，闷对琼华咏散盐。"辛弃疾《上西平·会稽秋风亭观雪》："九衢中，杯逐马，带随车。问谁解、爱惜琼华。"

五绝·小庭初秋 十二

小庭花世界，

收尽早秋光。

小扇生风处，

明几茶未凉。

2019 年 9 月 4 日 黑龙江哈尔滨

笺酒印

五律·笺

我有一方笺，
经年待客填。
画描难有色，
书诉苦无言。
花落叹春老，
雪飞待燕还。
提毫驰远目，
微雨落春衫。

2019 年 3 月 19 日 北京

笺注

　　翁宏诗："落花人独立，微雨燕双飞。"诗句抒写春末怀人之情，本诗"花落叹春老""微雨落春衫"化用之。

五律·酒

我有一芳樽，
时时待客温。
不闻佳酿美，
且喜酒浆新。
酩酊已相忘，
微醺欲入云。
提壶轻试热，
帘动客敲门。

2019 年 3 月 22 日　北京

五律·印

我有一方印，

摩挲旧若新。

雕琢石作玉，

磨砺质成文。

如画丹青美，

当金信义真。

印擎天地静，

叩问世间心。

2019 年 3 月 22 日 北京

梅兰竹菊

梅兰竹菊

五律·梅

我有一枝梅，
书房香气微。
别枝无暗色，
立案有清辉。
不羡随风柳，
甘陪故纸堆。
何时春色老，
隔户问蔷薇。

2019 年 3 月 20 日　北京

五律·兰

我有一盆兰，

娉婷书案前。

叶裁春韭细，

花抹淡妆含。

袅袅气长定，

谦谦静若闲。

一从高雅论，

不让竹千竿。

2019 年 3 月 23 日　河南汝州

五律·竹

我有一新竹，
隔窗望旧屋。
风弹千叶曲，
雨洗万颗珠。
不近浮华境，
偏拂映卷烛。
月出虫静后，
影乱案边书。

2019 年 3 月 23 日 河南汝州

五律·菊

我有一篮菊，

采得绿圃西。

清香添陋室，

雅色伴花溪。

秋傲冰霜冷，

冬怜百草息。

抱枝花魄尽，

君子气难移。

2019 年 3 月 30 日　北京

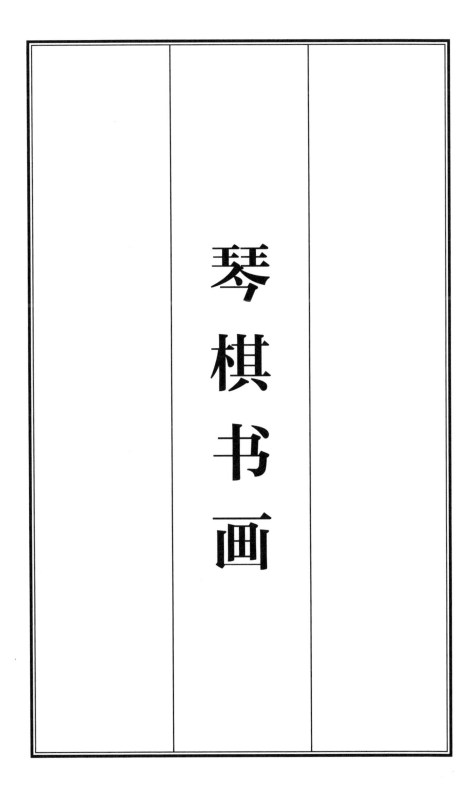

琴棋书画

五律·琴

我有一张琴，
经年觅好音。
低眉抚流水，
扬首奏高林。
声动鬼神兽，
弦歌花鸟人。
置琴庭柳下，
吟唱到黄昏。

2019 年 5 月 28 日 北京

五律·棋

我有一局棋，

夺城未敢期。

黑白交错乱，

经纬列兵齐。

落子山河动，

举棋神鬼啼。

峰回对弈处，

谁解个中迷。

2019 年 3 月 20 日　北京

五律·书

我有一竹帛，

欲书意更多。

言情说病酒，

咏史叹兵车。

三变红牙曲，

东坡铁板歌。

挥毫心似浪，

对月问天河。

2019 年 6 月 1 日 北京

五律·画

我有一丝绢，

乾坤展万般。

细蜂随指舞，

病虎绕图欢。

鸟唱柴门柳，

笛吹落日帆。

胸中生气象，

笔下走云烟。

2019 年 5 月 28 日 广东广州

遗产里的中国

风入松·京杭大运河

南来浩浩自从容。

一脉九州同。

惊天一动邗沟土，

穿阡陌、五水连通。

婉转莺啼柳岸，

长歌人力天工。

干戈浪染战旗红。

鼙鼓乱涛声。

樯帆已过千千片，

舟如鲫、商贾匆匆。

今看人间翻覆，

扬帆忙趁天风。

2021 年 1 月 8 日 海南三亚

风入松·西湖

一峰飞至此湖前。

仙境落人寰。

花潮柳浪争春色，

断桥雪、桂雨翩翩。

月影三潭叠印，

戏鱼花港涟涟。

雷峰塔老现神仙。

梁祝化蝶翻。

钱塘人涌灯如雨，

入丹青、却是天然。

不觅人间绝景，

只因身在湖边。

2020.12.1 四川成都

风入松·武当山

万山揖拜向何方。

紫气绕武当。

泰山雄劲华山峻，

武当笑、收入行囊。

瀑送千年流水，

风吹万里花香。

笛箫钟磬过山墙。

宫观对庵堂。

诵经声起群山静，

太极美、八卦绵长。

玄武阴阳悠远，

道德今古文章。

2020.11.16 四川成都

笺注

　　武当山位于湖北西北部，在丹江口境内，又名太和山。背倚神农架原始森林，面临丹江水库，是国家重点风景名胜区、道教名山和武当拳发源地，著名的仙山福地。1994年12月，"武当山古建筑群"入选《世界遗产名录》。

后庭宴·鼓浪屿

木槿紫荆，

凤凰嘉木。

日光岩畔千般树。

不倦长浪钟鼓音，

平波惯看飞白鹭。

南洋恰配闽风，

哥特平添欧陆。

补山藏海，

楼隐笙歌处。

琴伴老南音，

红厝说今古。

2020 年 11 月 14 日 广东广州番禺

遗产里的中国

笺注

鼓浪屿存 19 世纪末至 20 世纪上半叶建造的各式建筑 1000 余座，被誉为"万国建筑汇集地"。这些建筑记录了鼓浪屿近百年的历程和风格转变。鼓浪屿钢琴拥有密度居全国之冠，又名"钢琴之岛"。2017 年 7 月，"鼓浪屿：历史国际社区"入选《世界遗产名录》。

浣溪纱·大足石刻

一夜清风紫雾开。

万佛飞落玉阶台。

莲花浴水向天开。

衣袖飘飘儒释道，

红尘滚滚喜怒哀。

石门山下远帆来。

2021 年 10 月 25 日 北京

笺注

　　大足石刻位于重庆，是唐、五代、宋时所凿造，明、清两代亦续有开凿，是世界八大石窟之一。1999 年 12 月，"大足石刻"入选《世界遗产名录》。

金错刀·景迈山古茶林

云里树，

雾中茶。

登云才现布朗家。

虬枝却有鲜鲜叶，

老树偏簪满鬓花。

年年绿，

岁岁发。

千年万亩竟芳华。

神山一片香如海，

野韵直接山顶霞。

2020 年 11 月 16 日　四川泸州

笺注

　　景迈山古茶林位于云南澜沧，迄今已有 1800 多年历史，茶树系当地布朗族、傣族先民所栽培，均为上千年的茶树，是名副其实的千年万亩古茶林。专家认为景迈山古茶园是世界上保存最完好、年代最久远、面积最大的人工栽培型古茶园，是世界茶文化的根和源。2023 年 9 月，"普洱景迈山古茶林文化景观"入选《世界遗产名录》。

南歌子·泉州

九日山碑旧，
老君岩寿长。
古桑犹有宝莲香，
试看翻飞鸥燕、渡汪洋。

缕缕沉香气，
莹莹瓷器光。
千帆千载商旅忙。
今又飘飘丝路、试新航。

2021 年 11 月 2 日 北京

笺注

　　泉州历史悠久，是古代"海上丝绸之路"重要节点、国务院首批公布的 24 个历史文化名城之一。唐朝时，它是中国对外贸易的四大口岸之一。宋元时期，"刺桐港"（刺桐，泉州古称）被称为"东方第一大港"，与 100 多个国家和地区通商贸易，呈现出"市井十洲人""涨海声中万国商"的繁荣景象。泉州被誉为"世界宗教博物馆"。联合国教科文组织将全球第一个"世界多元文化展示中心"定址泉州。2021 年 7 月 25 日，第 44 届世界遗产大会上，"泉州：宋元中国的世界海洋商贸中心"被获准列入《世界遗产名录》。

　　泉州开元寺内有一棵我国现存最古老的桑树。开元寺原是一个大财主的桑园。一天，财主梦见一个和尚要在桑园建佛寺。财主故意给和尚出个难题：如果桑树在三天内能开出莲花，就可在此建佛寺。三天后，桑树果真开满白莲，财主便献出桑园建立佛寺。

南歌子·周口店遗址

风紧山皆啸，

雨急洞未湿。

自得明焰手中持，

正照鸿荒分野、路新直。

火种初燃日，

人猿分手时。

千年不老月迟迟，

还照龙骨山上、绿松枝。

2021 年 2 月 23 日 北京

笺注

    周口店遗址，又称"周口店北京人遗址"，位于北京房山周口店龙骨山。周口店北京人遗址的遗产构成由 23 处遗址地点组成。其中发现有生活在 70 万至 20 万年前的直立人、20 万至 10 万年前的早期智人以及 3 万年左右的晚期智人化石，同时还发现石器 10 多万件以及大量的用火遗迹及上百种动物化石等，是人类化石宝库和古人类学、考古学、古生物学、地层学、年代学、环境学及岩溶学等多学科综合研究基地。1987 年，"周口店北京人遗址"被列为世界文化遗产。2021 年 10 月 18 日，北京周口店遗址入选"百年百大考古发现"。

破阵子·"天地之中"历史建筑群

工教鲁班羞去，

美惊片片云停。

收尽千年绝胜景，

殿阁楼台一掌中。

神州在登封。

俯瞰群山险壑，

仰察日月辰星。

释道儒风拂汉阙，

一扫乾坤少林功。

巍巍天地生。

2021 年 1 月 12 日 海南三亚

笺注

中国世界文化遗产提名项目"登封'天地之中'历史建筑群"于北京时间 2010 年 8 月 1 日在联合国教科文组织世界遗产委员会第 34 届大会上通过审议，成功列入《世界遗产名录》，成为我国第 39 处世界遗产。登封"天地之中"历史建筑群，包括周公测景台和观星台、嵩岳寺塔、汉三阙（太室阙、少室阙、启母阙）、中岳庙、嵩阳书院、会善寺、少林寺建筑群（包括常住院、塔林和初祖庵）等 8 处 11 项优秀历史建筑。登封"天地之中"历史建筑群经汉、魏、唐、宋、元、明、清，绵延不绝，构成了一部中国中原地区上下 2000 年形象直观的建筑史，是中国时代跨度最长、建筑种类最多、文化内涵最丰富的古代建筑群之一，是中国先民独特宇宙观和审美观的真实体现。

破阵子·苏州园林

如梦亭台轩榭，

迷离竹坞石林。

曲水假山藏翠羽，

浅底縠纹跃锦鳞。

廊幽花影深。

绝倒人间天上，

神工咫尺乾坤。

明月清风陪我坐，

画卷诗书吟古今。

园中天地人。

2020 年 12 月 10 日 广东深圳

笺注

　　苏州园林在世界造园史上具有独特的历史地位和重大的艺术价值，享有"江南园林甲天下，苏州园林甲江南"之誉。现存的苏州古典园林大部分是明清时期的建筑，包括大小几百座古典园林，代表了中国江南园林风格。苏州古典园林至今保存完好并开放的有，始建于宋代的沧浪亭、网师园，元代的狮子林，明代的拙政园、艺圃，清代的留园、耦园、怡园、曲园、听枫园等。作为"苏州古典园林"的典型例证，拙政园、留园、网师园、环秀山庄因其精美卓绝的造园艺术和个性鲜明的艺术特点于1997年底被联合国教科文组织列入《世界遗产名录》。2000年11月30日，联合国教科文组织世界遗产委员会第24届会议批准沧浪亭、狮子林、艺圃、耦园、退思园增补列入《世界遗产名录》。

七娘子·平遥古城

雕窗剪纸烟尘色。

响木门、解落千年锁。

旧路石滑，

老屋交错。

酒楼商肆喧哗客。

悠悠秦汉须臾过。

有老城、不改旧街舍。

古衙文庙，

当时巷陌。

飞来乌鹊城墙落。

2021 年 1 月 1 日 海南三亚

笺注

平遥古城位于山西晋中平遥，始建于周宣王时期，距今已有2800多年的历史，还较为完好地保留着明清时期县城的基本风貌。平遥有中国目前保存最完整的古代县城格局。平遥古城由纵横交错的四大街、八小街、七十二条蚰蜒巷构成。整座城市非常周正，街道横竖交织，街巷排列有致。古城建筑分为两部分：城隍庙居左，县衙居右，文庙居左，关帝庙居右。道教清虚观居左，佛教寺院居右。平遥也被称作"龟城"，南门是头，北门是尾，城门、大街、小街、蚰蜒巷仿佛龟背上的花纹，组成了一个庞大的八卦。它反映了平遥人经受苦难，渴望和平的朴素本质，人们希望在城墙的护卫下，这里成为远离战乱的世外桃源。

平遥被称为"保存最为完好的四大古城"之一，也是中国目前仅有的以整座古城申报世界文化遗产获得成功的两座古城市之一。1997年12月，"平遥古城"被列入《世界遗产名录》。世界遗产委员会评价：平遥古城建于14世纪，是现今保存完整的汉民族城市的杰出范例。其城镇布局集中反映了5个多世纪以来，中国的建筑风格和城市规划的发展。特别值得一提的是，这里与银行业有关的建筑格外雄伟，因为19世纪至20世纪初期平遥是整个中国金融业的中心。

鹊桥仙·庐山

鄱阳胜海，

长江似练，

同挽匡庐破雾。

天河跌落三叠泉，

谁见人间三宝树。

桃花源老，

大林寺古，

书院深藏白鹿。

雄奇险秀觅何方，

须到飞鹰不过处。

2021 年 12 月 26 日 北京

笺注

　　庐山，又名匡山、匡庐，位于江西九江庐山境内。东偎鄱阳湖，南靠滕王阁，西邻京九铁路，北枕滔滔长江，耸峙于长江中下游平原与鄱阳湖畔。庐山以雄、奇、险、秀闻名于世，素有"匡庐奇秀甲天下"之誉。自古命名的山峰有 171 座，形成许多急流与瀑布，有瀑布 22 处、溪涧 18 条、湖潭 14 处。最为著名的三叠泉瀑布，落差达 155 米，有"不到三叠泉，不算庐山客"之美誉。1996 年 12 月 6 日，"庐山国家公园"被列入"世界遗产名录"。2003 年，庐山被评为中华十大名山之一。

瑞鹧鸪慢·福建土楼

人间何处觅仙楼，

且随归雁面南求。

水镜山屏，

族聚敬宗地，

山溪绕过五凤楼。

方楼英武圆楼秀，

客家同气同仇。

巧夺神鬼天工，

相忘身心我、两悠悠。

绝胜深宅万户侯。

2020 年 11 月 15 日 广东广州番禺

遗产里的中国

笺注

　　福建土楼，因历史悠久、数量众多、规模宏大、造型奇异、风格独特而闻名于世，被誉为"神话般的山区建筑"，是世界上独一无二的山区大型夯土民居建筑。它多依山就势，适应聚族而居的生活和防御外敌要求。其形成与历史上客家人南迁有密切关系。2008 年 7 月，"福建土楼"被正式列入《世界遗产名录》。

踏莎行·故宫

霞映朱门，

龙盘圣殿。

重重紫气插霄汉。

金銮殿耸冷宫闹，

重门长锁深深院。

殿殿生威，

宫宫藏怨，

红灯闪处金钗颤。

雨吹华表洗沧桑，

城楼旗老人间换。

2022 年 1 月 18 日 海南三亚

笺注

北京故宫是中国明清两代的皇家宫殿，旧称紫禁城，位于北京中轴线的中心。北京故宫以三大殿为中心，占地面积约 72 万平方米，建筑面积约 15 万平方米，有大小宫殿 70 多座，房屋 9000 余间，是世界上现存规模最大、保存最为完整的木质结构古建筑之一，1961 年被列为第一批全国重点文物保护单位；1987 年被列为世界文化遗产。

踏莎行·三星堆

金杖存威，

铜人纵目。

九乌还立神仙树。

三星堆上走流云，

今月曾照古国蜀。

目透千寻，

树留万古。

蚕丛远去入云雾。

昔年鸭子水东流，

滔滔应望黄河处。

2019 年 4 月 26 日　四川广汉三星堆

笺注

金杖，三星堆出土文物。金杖长142厘米，用金条捶打成金皮，包卷在木杖上。因年代久远，只剩外面一层金皮，金皮内残留炭化木渣。金杖为古蜀国最高政治人物与宗教人物所用，是政治、宗教权力之杖。铜人纵目，三星堆出土的标志性文物商青铜兽面具，双眼外突达16厘米，耳朵向两边张开，五官极尽夸张。据悉，它是世界上年代最早、形体面积最大的青铜面具。这种完全不同于普通人面相的造型，被戏称为"外星人"。三星堆纵目面具极可能是古蜀国的第一代王蚕丛的形象，他有"纵目"的特点，极可能眼睛往外凸。九鸟还立神仙树，三星堆出土四件通天神树，最具代表的是站立九只鸟，即九鸟的神树。中国古代以金乌代表太阳，神树上只有九鸟，第十只就在天上。神树上的九鸟跃跃欲飞，太阳在天上遥相呼应。鸭子河，三星堆遗址边的一条河。蚕丛，古蜀国名。三星堆遗址位于四川广汉西北的鸭子河南岸，分布面积12平方千米，距今已有3000至5000年历史，是迄今在西南地区发现的范围最大、延续时间最长、文化内涵最丰富的古城、古国、古蜀文化遗址，被称为20世纪人类最伟大的考古发现之一，昭示了长江流域与黄河流域一样，同属中华文明的母体，被誉为"长江文明之源"。其中出土古蜀秘宝中，有高2.62米的青铜大立人，有宽1.38米的青铜面具，更有高达3.95米的青铜神树等，均堪称独一无二的旷世神品。而以金杖为代表的金器，以满饰图案的边璋为代表的玉石器，亦多属前所未见的稀世之珍。2006年12月，三星堆遗址与金沙遗址共同作为"古蜀文明遗址"项目，被列入《中国世界文化遗产预备名单》，预备申报世界文化遗产。

一丛花·黄石矿冶工业遗址

紫兰花好画难足。
云卷又云舒。
欲说铜绿山中事，
瞰天坑、直下穹庐。
蜿蜒逶迤，
层层累累，
掀地撼天图。

青铜写就千年书。
史自此山出。
黄石偏有神仙手，
万千火、烛照五湖。
江河不灭，
青山长在，
天地一洪炉。

2020 年 11 月 19 日 北京

遗产里的中国

笺注

　　黄石矿冶工业遗产，位于湖北黄石。黄石矿冶工业遗产是印证古代矿冶文化和近代工业文明的"活化石"。3000多年的工业文化积淀，使黄石保留了大量以矿冶文化为典型代表的工业遗产，现已形成以铜绿山古铜矿遗址、汉冶萍煤铁厂矿旧址、大冶铁矿东露天采场、华新水泥厂旧址等为代表的黄石工业遗产片区，年代久远，门类多样，空间富集，保护完整，是城市发展不同阶段的历史见证，代表了各时期最先进的技术和水平。2012年，"黄石矿冶工业遗产"成功入选《中国世界文化遗产预备名单》，这是我国首次将工业遗产列入《中国世界文化遗产预备名单》。

忆江南·皖南古村落

黄山雾，

垂地作轻纱。

黛瓦重檐临碧水，

马头墙上紫薇花。

还是古人家。

接天地，

端赖此仙葩。

西递宏村千岁老，

桃花源里种桑麻。

徽美半中华。

2020 年 12 月 21 日　海南琼海博鳌

遗产里的中国

笺注

　　位于安徽黟县黄山风景区内的西递、宏村，始建于宋代，是皖南民居中最具代表性的两座古村落。背倚秀美青山，清流抱村穿户，数百幢明清时期的民居建筑静静伫立，西递、宏村以世外桃源般的田园风光、保存完好的村落形态、工艺精湛的徽派民居和丰富多彩的历史文化内涵而闻名天下。1999 年，联合国教科文组织将"皖南古村落——西递、宏村"列入《世界遗产名录》。

忆江南·湘西土司城

湘西美，

楼隐雾中山。

翘角檐头出半月，

高台随岭落云边。

灵溪土家欢。

炊烟袅，

绝壁却安然。

号角声急倭寇去，

纵情摆手舞蹁跹。

歌满九重天。

2021 年 1 月 9 日　海南三亚

笺注

明朝湘西土司军队曾多次成功抗击倭寇，名声大振。摆手歌摆手舞是土家族传统歌舞。九重天为湘西最高的一座吊脚楼，无一根铁钉，2002年被评为最高吊脚楼，荣获吉尼斯世界纪录，土司城内举办千人参加的毛古斯舞蹈欢庆。

湘西老司城遗址位于湖南湘西土家族苗族自治州永顺灵溪河畔，是古溪州彭氏土司政权的司治所在地，是土司时期中国西南少数民族地区的政治、经济、文化、军事中心。彭氏土司政权始建于后梁开平四年（910年），鼎盛时期辖20州，范围涉及湘鄂黔渝等省市边区，于清雍正六年（1728年）改土归流，历经五代、宋、元、明、清，统治历时818年，历经28代，共35位刺史或土司。2015年，"土司遗址"被评为世界文化遗产，其中包括湖南永顺老司城遗址。

遗产里的中国

忆王孙·藏羌碉楼

碉楼千载笑寒风。

檐挑月轮万里明。

融融乡里暖似灯。

向敌情。

座座石雕飒飒兵。

2021 年 11 月 3 日　北京

笺注

藏羌碉楼在四川甘孜、阿坝地区分布广泛，是嘉绒藏族建筑的杰作，距今已有千年历史。建筑年代为唐代至清代，规模宏大，类型多样，建筑技艺高超，具有极高的美学、社会学、历史学、民族文化学价值。与西方国家古代建筑的砖石结构体系相比，中国古代建筑的最大特点便是多采用木结构体系。因此在距今 2000 年以前，在横断山脉中就有古石碉显得弥足珍贵。"藏羌碉楼与村寨"已列入《中国世界文化遗产预备名单》。

忆王孙·武夷山

兰香岩骨作丹霞。

绝顶武夷遍野花。

溪绕九曲泼墨崖。

透窗纱。

不见红袍不问茶。

2021 年 10 月 29 日 北京

笺注

　　武夷山位于江西上饶与福建南平西北部两省交界处，是中国著名的风景旅游区和避暑胜地，属典型的丹霞地貌。武夷山是三教名山。自秦汉以来，武夷山就为羽流禅家栖息之地，留下了不少宫观、道院和庵堂故址。武夷山还曾是儒家学者倡道讲学之地。武夷山自然保护区，是地球同纬度地区保护最好、物种最丰富的生态系统。1999年12月，"武夷山"被联合国教科文组织列入《世界遗产名录》的世界文化与自然双重遗产。

渔家傲·殷墟

甲骨拾得千万片。

鹧鸪试落旧时殿。

陵照青云翻又展。

飘不断。

纷飞青鼎槐花乱。

石火天光才一现。

便成青史珍珠串。

赖有字魂终不散。

千年远。

竹摇簌簌声声叹。

2021 年 10 月 23 日　北京

遗产里的中国

笺注

　　殷墟是闻名中外的中国最早的都城，商代后期王都遗址，坐落于河南安阳洹水之滨。自盘庚迁都于此至纣王亡国，整个商代后期以此为都，共经 8 代 12 王。河南安阳小屯村一带的宫殿宗庙所在地是王都的心脏，是殷王生活起居和处理政务的地方。洹河北岸的武官村北地，是殷代王陵，盘庚迁殷以后的帝王死后都埋葬于此，这里还是一处规模宏大的杀人祭祖的祭祀场。迄今为止，考古工作者在殷墟共发现宫殿宗庙建筑群遗址 50 多座、王陵大墓 10 余座、贵族平民墓葬数千座、祭祀坑千余座、城壕沟 1700 多米、手工业作坊多处、车马坑 30 多座，发掘出土大量甲骨及大批青铜器、玉器、陶器、骨器等。世界最大的青铜器也是现在中国博物馆的镇馆之宝——"司母戊"鼎，还有中国第一位女将军的墓——妇好墓都是在这里被发现。2006 年 7 月 13 日，第 30 届世界遗产大会上，"殷墟"入选世界文化遗产。

雨中花·良渚美丽洲

总念当时尘土厚。

五千载、曙光初露。

残殿犹说，

玉琮丝带，

纹面神人兽。

天目山围太湖皱。

千顷稻、桑麻依旧。

新放芦花，

振翮白鹭，

飞落皇台后。

2020 年 11 月 17 日 北京

笺注

　　良渚，意即美丽的水中之洲。良渚文化距今5300至4300年，持续发展约1000年，属新石器时代晚期，主要分布在太湖流域和钱塘江流域。城址是良渚古城遗址的核心，北、西、南三面被天目山余脉围合，曾被誉为"中华第一城"。良渚曾经有一座三重城，宫殿区、内城、外城，有宫殿、祭坛、贵族墓地、手工作坊。良渚遗址的出土器物包括玉器、陶器、石器、漆器、竹木器、骨角器等，良渚先民创造出的包括玉璧、玉琮、玉钺在内的玉礼器系统，以神人兽面纹为代表的纹饰，新石器时代长江下游稻作文明的发展程度等，实证了良渚是中华5000年文明史的地区之一，在学界素有"文明曙光"之誉。2019年7月6日，"良渚古城遗址"被列入《世界遗产名录》。

玉关遥·扬州大运河

微风吹浪秋如肃。

恰纷飞鸥鹭、向桃坞。

古寺动风铃，

两岸银、芦荻无数。

三湾去，

曲尽扬州水路。

石桥踏月寻一怒，

叹裙钗沉宝、泪湿处。

还记卷珠帘，

走漕盐、瓜州争驻。

见帆影，

疑是高僧又渡。

2020 年 10 月 28 日 江苏扬州瓜州古镇

遗产里的中国

笺注

　　大运河的发端在扬州。公元前486年，吴王夫差在扬州开凿的邗沟，成为大运河的起始河段。邗沟又有"邗江""韩江""渠水""邗溟沟""中渎水"等名称。隋炀帝大规模全线开凿大运河，就是以扬州为中心，在邗沟的基础上进行南北扩掘和连接的。在以后的漫长岁月中，古运河河道虽历经迁徙，但扬州的中枢地位却从来没有变化过。邗沟是世界上最早的运河，扬州则是世界上最早的，也是中国唯一的与古运河同龄的"运河城"。

　　扬州的辉煌与古运河相伴相随。在很长的时间里，扬州城在全国一直处于区域中心城市的地位。唐代的扬州是中国东南第一大都会（有"扬一益二"之说），中国四大贸易港口之一。鉴真东渡日本是从扬州出发的，日本数百名求法的僧人也都在扬州登陆，阿拉伯商人在扬州随处可见。清代"康乾盛世"时，盐运和漕运的发达使扬州又一次进入鼎盛时期。康熙、乾隆都曾六下江南，都经过扬州并多次在扬州驻跸。2014年6月，"大运河"被列入《世界遗产名录》。扬州共有瘦西湖、个园等10个遗产点，里运河、古邗沟等6段河道列入首批申遗点段，大运河扬州段成为大运河全线列入遗产最多的遗产区。

鹧鸪天·洛阳

曾记天香探短墙。

花魁魏紫更姚黄。

鹧鸪啼遍邙山柳，

又落石窟金殿旁。

出河洛，

辨阴阳。

十三帝老旧殿堂。

烟尘拂落五千载，

一半风光在洛阳。

2020 年 11 月 27 日 河南洛阳

遗产里的中国

笺注

    在中华文明的璀璨星河中，洛阳以其深厚的历史底蕴引人注目。河图洛书，是中国字形文化的第一幅神秘图案，具有中华文明的源头意义。洛阳为十三朝古都，人文始祖伏羲氏曾在此降服龙马，创造了先天八卦。洛阳白马寺，是佛教传入中国后兴建的第一座官方寺院，有中国佛教"祖庭"和"释源"之称。洛阳现有龙门石窟、大运河、丝绸之路等3项6处世界文化遗产。

醉花阴·景德镇

樟树不遮西子面。

斗彩昌江畔。

谁唱古瓷都，

千岛湖边，

高岭山间燕。

粉彩青花神鬼献。

饕餮玲珑眼。

掌上玉晶莹，

四海随风，

侧耳磬声远。

2021 年 10 月 25 日　北京

遗产里的中国

笺注

景德镇是世界著名瓷都，早在汉代就开始生产陶瓷。自元代开始至明清历代皇帝都派员到景德镇监制宫廷用瓷，设瓷局、置御窑，陶瓷工业非常繁荣。其青花瓷、玲珑瓷、粉彩瓷、色釉瓷，合称景德镇四大传统名瓷。景德镇瓷器素有"白如玉，明如镜，薄如纸，声如磬"之称。历史上的景德镇瓷器，不但海内擅声，而且海外亦广为流誉。古代东南亚、阿拉伯、非洲及欧洲地区的人十分喜欢中国瓷器，特别是景德镇的瓷器。明永乐三年（1405 年）开始，郑和七次下西洋，携带的大量瓷器中，景德镇瓷器占有重要地位。2017 年 1 月，"景德镇御窑瓷厂"被列入《中国世界文化遗产预备名单》。

樟树，景德镇市树为樟树。西施面，景德镇市花为茶花，是茶花的名贵品种。高岭，景德镇鹅湖镇有高岭山，用高岭土生产的景德镇瓷器，曾经代表中国陶瓷制品的高端品质。饕餮、玲珑眼均为景德镇瓷器纹饰装饰品种。